Arriba y Abajo
Up and Down

This book made possible by a
contribution to the
Jackson County Library Foundation

from a reader like you!

MONTAÑA
ENCANTADA

Ángeles Jiménez Soria
y Pablo Prestifilippo

Arriba y Abajo
Up and Down

JACKSON COUNTY LIBRARY SERVICES
MEDFORD, OREGON 97501

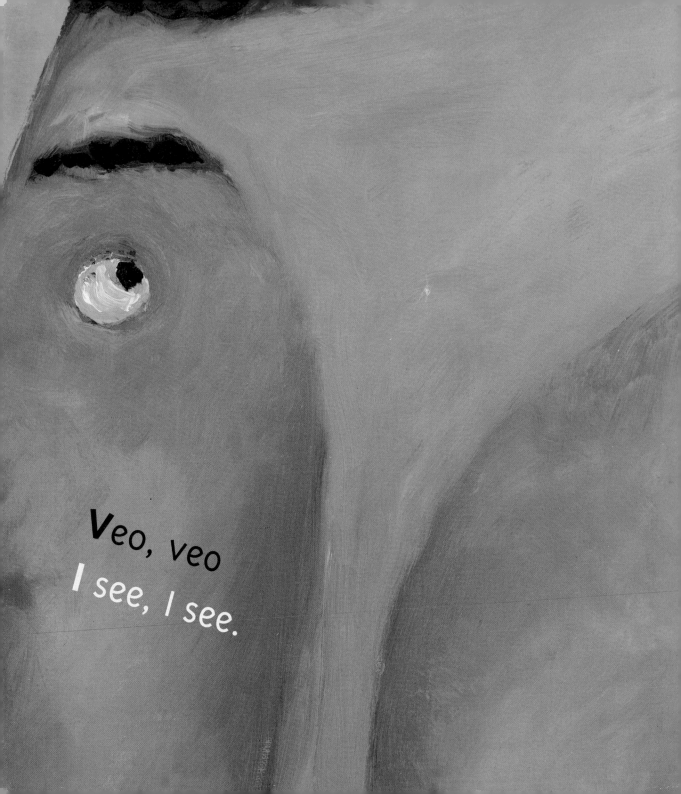

Veo, veo

I see, I see.

¿Qué ves?

What do you see?

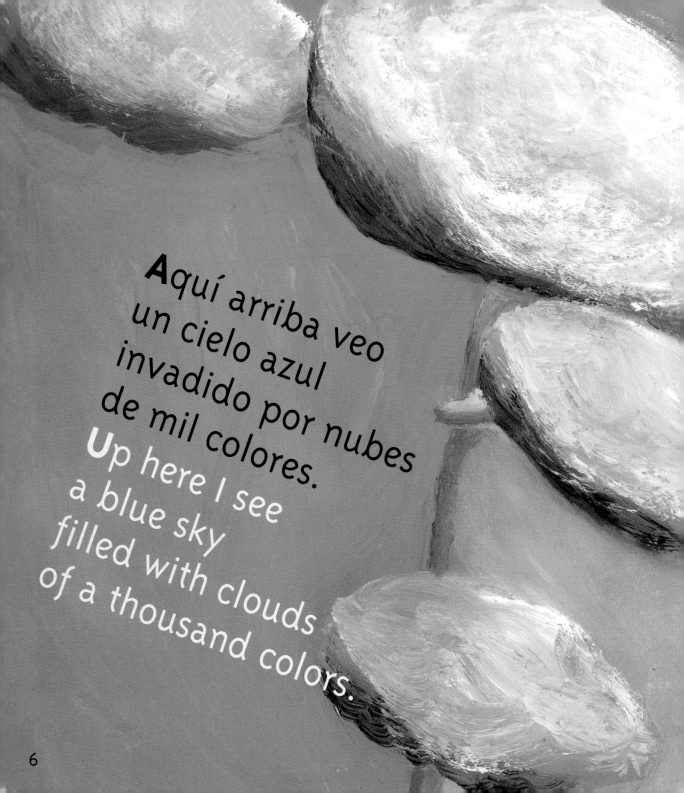

Aquí arriba veo
un cielo azul
invadido por nubes
de mil colores.
Up here I see
a blue sky
filled with clouds
of a thousand colors.

Aquí abajo
veo-veo hierba verde
y hormigas negras.
Down here
I see green grass
and black ants.

Huelo,
huelo.
I smell,
I smell.

¿Qué hueles?
What do you smell?

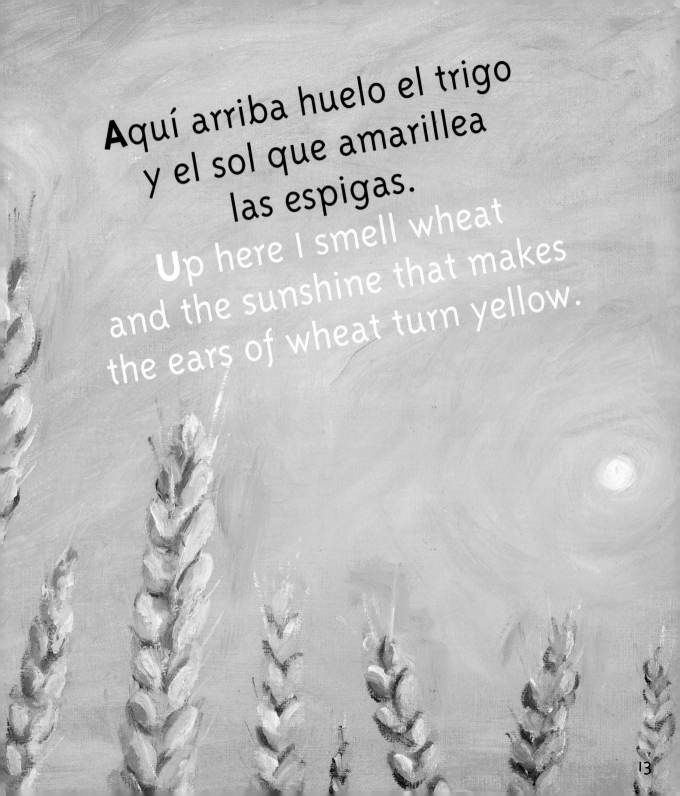

Aquí arriba huelo el trigo
y el sol que amarillea
las espigas.

Up here I smell wheat
and the sunshine that makes
the ears of wheat turn yellow.

Aquí abajo huelo
las flores rojas y las hojas secas.

Down here I smell
red flowers and dried leaves.

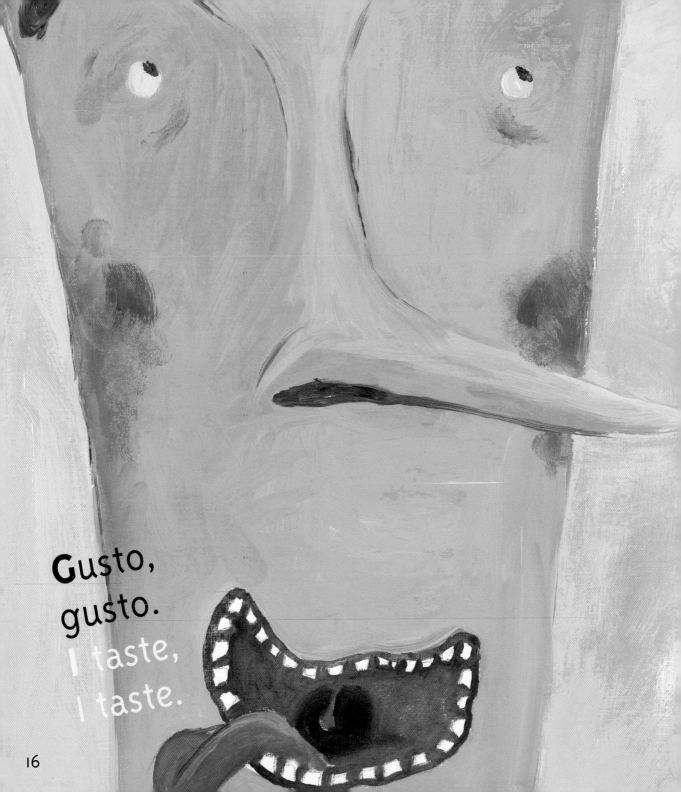

Gusto,
gusto.
I taste,
I taste.

16

¿Qué gustas?
What do you taste?

Aquí arriba saboreo los higos y

Up here I taste figs and

la piel ácida de las manzanas.

sour apple skins.

Down here I taste carrots, sweet strawberries and blackberries.

Aquí abajo las zanahorias,
las fresas dulces y
las zarzamoras.

Oigo,
oigo.
I hear,
I hear.

¿Qué oyes?
What do you hear?

Aquí arriba oigo la risa
de los pájaros y los rayos
que anuncian la tormenta.

Up here I hear the laughter of birds and the thunder that announces the storm ahead.

Aquí abajo oigo los grillos,
Down here I hear the crickets,

la lluvia cuando cae y mis pasos.
the falling rain and my footsteps.

Toco, toco.
I touch, I touch.

¿**Q**ué tocas?
What do you touch?

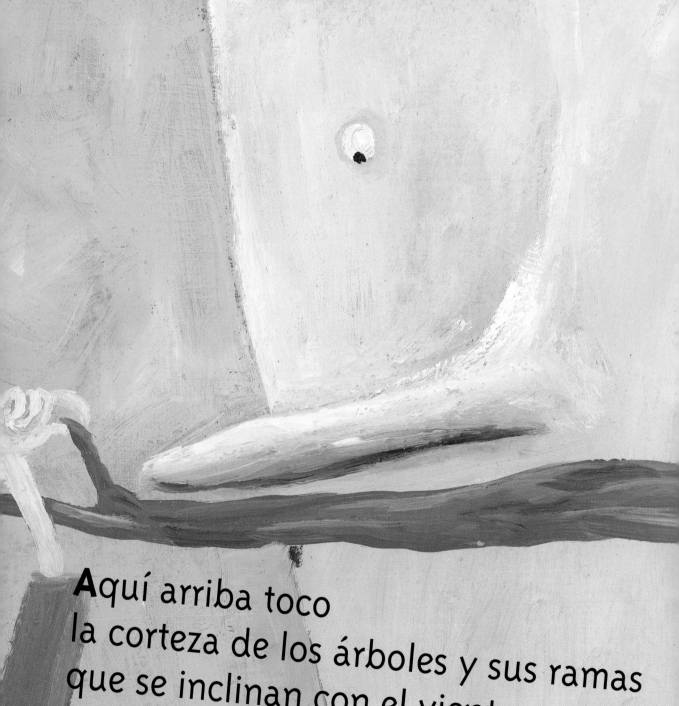

Aquí arriba toco
la corteza de los árboles y sus ramas
que se inclinan con el viento.

Up here I touch the tree barks and branches that sway in the wind.

Aquí abajo toco
la tierra, el agua y el barro.

Down here I touch
earth, water, and mud.

¡Qué cosas más hermosas hay ahí abajo!

There are so many beautiful things down here!

34

¡Qué cosas más hermosas hay ahí arriba!

There are so many beautiful things up here!

Si me agacho en el suelo
veré tu mundo.
If I crouch down on the ground,
I'll be able to see your world.

Si me levantas en brazos
veré el tuyo.
If you pick me up,
I'll be able to see yours.

ÁNGELES JIMÉNEZ SORIA

Nací en Ávila y como siempre hacía mucho frío, me pasaba las horas comiendo galletitas y leyendo al lado de la estufa. Estudié Magisterio, y en la escuela, para enseñar las letras y los números los hice de goma-espuma y monté un guiñol. No sé si así los aprendieron mejor pero seguro que se rieron mucho. Allí me di cuenta de cuál era mi verdadera vocación: contar historias. Hoy me dedico a contar historias sobre un papel y sobre un escenario.

PABLO RAFAEL PRESTIFILIPPO

Nací en Buenos Aires (Argentina) y
empecé a pintar cuadros a los 10 años.
Cuando crecí estudié Publicidad
y después de dedicarme varios
años a inventar distintas formas
de vender detergente me di cuenta
de que ese trabajo no me gustaba.
Y entonces volví a pintar, pero
esta vez para niños. Desde entonces
sólo dibujo, pinto y a veces escribo
cuentos infantiles; y si me queda
tiempo libre, me voy de viaje
para ver los colores que existen
en otras partes del mundo.

Dirección editorial: Raquel López Varela
Coordinación editorial: Ana María García Alonso
Maquetación: Cristina A. Rejas Manzanera
Texto en inglés: Esther Sarfatti
Diseño de cubierta: Jesús Cruz

© del texto, Ángeles Jiménez Soria
© de la ilustración, Pablo Prestifilippo
© EDITORIAL EVEREST, S. A.
Carretera León-La Coruña, km 5 – LEÓN
ISBN: 84-241-8750-4
Depósito legal: LE.833-2005
Printed in Spain - Impreso en España
EDITORIAL EVERGRÁFICAS, S. L.
Carretera León-La Coruña, km 5
LEÓN (España)
Atención al cliente: 902 123 400
www.everest.es

¿De qué color es el mar?
What color is the sea?
Silvia Dubovoy

A de alfabeto
A is for alphabet
Michele Salas